Graciela's Dream

By

Max and Katherine Benavídez

El Sueño de Graciela

Por

Max y Katherine Benavídez

Table of Contents

What is College?

Graciela had turned 12 the day before and now she was standing alone in the middle of the yard at Greenwood Middle School looking for her best friend, Sandra, who was nowhere in sight. She thought 12 was an important age because you were only one year away from being a teenager but her birthday felt like any other day. Well, her friend was late, so Graciela decided to wait for a while. She found a place to sit on a bench under the only tree in the gray cement-covered yard. She was pulling a book out of her backpack when the Cordero sisters plopped down, right next to her, and starting talking about what college they wanted to attend.

College, thought Graciela. It sounded so special. So faraway.

Graciela knew that she would probably never go to college. Unlike the Cordero sisters whose father owned the local Mexican restaurant, Graciela's father was a machinist and was always looking for work. She wasn't really sure what a college was like or what you do there but she knew that it probably cost a lot of money. Anyway, no one in her family had ever gone to college.

Sitting in the shade and waiting for her friend was getting a little boring but looking at the Cordero sisters reminded Graciela of the first time she heard about college, about a year or so ago. She and her older sister, Rosa, were at home watching a *telenovela* and one of the young women on the show ran into a room screaming at the top of her lungs that she was accepted by a college.

Innocently, Graciela asked Rosa, "What is college?"

Rosa didn't even turn toward her as she changed the channel on the remote control and said, "Oh, it's a place where rich people go after high school." And then with a tone of disbelief, Rosa added, "You're not thinking about it, are you?"

Graciela and her family, her sister Rosa, her mother Isabel, her father Arturo and the little baby, Carlito, lived in a two-bedroom apartment on the second-floor of an old brick building near downtown, not far from the big, loud freeway. It was a struggle but Graciela was happy most of the time. Like her Mama always said, "we have food to eat and a roof over our heads. We have to be grateful for that."

But Graciela thought there had to be more to life than just food and a roof. She wasn't sure what it was but she was intrigued by the idea of going to college. Although the Cordero sisters could be mean there was something different about them. Everyone always treated them like they were special.

Graciela wanted to be special, too. She wanted to see the whole wide world out there beyond her little neighborhood and the memories her parents always recalled about the little Mexican village they had lived in as children and young adults. All she had ever known was her neighborhood and her schools. She knew she wanted something more than the struggle her parents had day in and day out, counting every penny and worrying all the time. Something inside her told her that college might be the way.

Graciela thought about the unknown place everybody called college and her instincts told her that if she wanted to be somebody special or do something special, she should find out about college.

One day sitting in class, it hit her: she would ask Mrs. Earl, her seventh grade teacher, about college. Mrs. Earl was nice and seemed to like Graciela. In fact, she always asked Graciela if her parents would come and see her to talk about Graciela's progress in school. She was a good student. Unfortunately, her parents were either working or too tired or maybe, Graciela thought, too scared to come in and see Mrs. Earl. Anyway, Graciela decided that she would ask Mrs. Earl if she could speak to her about something important after recess.

Chapter 2

Can I go to College?

Gathering all the courage she could, Graciela asked Mrs. Earl the very next day if she could meet with her after school to talk about something very important.

"Of course, Graciela. I'll see you here at 3," replied Mrs. Earl.

So right on the dot at three o'clock, Graciela marched into Room 201 and went right up to Mrs. Earl and abruptly asked, "What about college?"

"College?" repeated Mrs. Earl, a tall, thin woman with graying hair and black frame glasses.

"Yes, college," said Graciela with a firmness that surprised even her.

"What do you want to know?" asked Mrs. Earl.

"Can I go?" asked Graciela softly, reverting for a moment to a little girl voice. "Can I go to college?"

"Yes. You can go to college. But first you need to find out what you need to do in order to apply."

"Apply?"

"You need to apply to college. You can't just show up one day and start taking classes. You have to fill out an application first. You know, forms with your name, address, schools attended, grades, test scores. You have to write an essay telling the college admissions people why they should admit you to their college. And then, you know, there are all types of colleges and universities. Small ones. Big ones. Privates and publics. I went to the state teachers college right here in town. It depends on what you want to study."

Mrs. Earl had just given Graciela a lot of information. Big. Small. Private. Public. Teachers college. An essay. What to study.

"How do I get started? What do I do first?" Graciela wondered out loud, somewhat surprised at her own questions.

"Go see your counselor," Mrs. Earl said as she glanced at her watch. Graciela guessed that Mrs. Earl had someplace to go soon.

"A counselor? I have a counselor?" Graciela said.

"Yes, every student is assigned a counselor. For you, it's Ms. Brooks."

For a moment Graciela didn't even know what to say. She felt a little embarrassed that she had a counselor and didn't even know it.

She walked out of the classroom feeling overwhelmed by it all. She ran into her friends Sandra and Marci and some other girls.

"What were you doing Gracie, kissing up to Mrs. Earl?" Sandra taunted.

"No. I was just asking her about college," Graciela said.

All the girls laughed.

"College! C'mon you know you can't go to college," Sandra said. "It costs too much and anyway you have to get a job after high school. Your own sister already has a job lined up at Wal-Mart after she graduates from high school. You're just dreaming."

As they turned to walk away, Graciela headed toward her home and thought that maybe Sandra and the others were right. What business did she have thinking she could go to college? Her parents expected her to get a job and help the family. Maybe Carlito would go to college but not her. Papa always said she should get a job not too far from home. The Wal-Mart was only a few blocks away and it paid well. Graciela wasn't sure what to think but she was feeling discouraged and a little confused.

Chapter 3

Getting Started

The next couple of days were hard ones for Graciela. She didn't really have anyone to talk to about her new dream of going to college. Her parents always seemed so tired or too preoccupied by something to actually take some time and discuss her future.

Graciela didn't have to wait too long for something to happen. A few days after talking with Mrs. Earl a letter for Graciela arrived in the mail. When she got home, Rosa was holding an envelope and shaking her head.

"You're in trouble. Look at this," she said pushing the envelope into Graciela's face.

"What is it?" Graciela asked, alarmed by Rosa's expression of disapproval.

"It's a letter from school. We never get letters from school." Rosa gave her the letter and then stood there looking at Graciela like she'd committed a crime or something.

Graciela sat down on the couch, holding the envelope and taking a few deep breaths. Then she thought she should open it.

Running her finger under the sealed flap, she tore it open and pulled out a letter. It said:

Dear Graciela Rodriguez:

Thank you for your interest in the Greenwood Middle School Student Counseling Program. I am your assigned counselor.

You can make an appointment to see me by coming to the front office, Room 104, and checking my schedule for available times. I am here on Mondays, Wednesdays and Fridays from 8:30 a.m. to 2:30 p.m.

I look forward to meeting you.

Sincerely,

Nancy Brooks

Counselor

Well, thought Graciela, Mrs. Earl did say something to my counselor. I'll have to make an appointment.

"What is it?" Asked Rosa in a raised voice. "What?"

"It's a letter from my counselor. To me," said Graciela.

"So?" said Rosa.

"So nothing. I'm going to go and see her, that's all. She just wanted me to know that I could see her," explained Graciela.

The very next day was a Thursday and she went straight to the front office and told the receptionist that she wanted to make an appointment with Ms. Brooks. She could see her on Friday at half past noon in her office.

Graciela was so excited that she blurted it all out to her parents that evening at dinner.

"Why do you want to do that?" her father asked. "You know it costs money and we can't afford it. That's it. You need to go out and get a job just like you're sister is doing."

"No Papa, listen," said Graciela, knowing that she was crossing the line. Her father was sweet but he could also be rigid. "I just want to ask the counselor some questions."

"Well don't get any big ideas, understand?" he said looking over at his wife with an angry expression.

The next morning Graciela woke up early and took a long time picking an outfit for the day. Finally she settled on her light blue skirt with a white blouse and tennis shoes. She looked at herself in the mirror and made a sign of the cross so that everything would go well with her appointment with the counselor.

At 12:30 p.m. she knocked on Ms. Brooks' office door "Come in," said a voice from the other side.

The office was small but neat with a big bookcase filled with paper and what looked like forms and different colored books.

Ms. Brooks gestured to a chair and Graciela sat down. "I'm told by Mrs. Earl that you're interested in going to college," said Ms. Brooks.

"The truth is," said Graciela, "that I don't even know much about college. I was hoping to find out what it's all about it."

Chapter 4

A Helping Hand

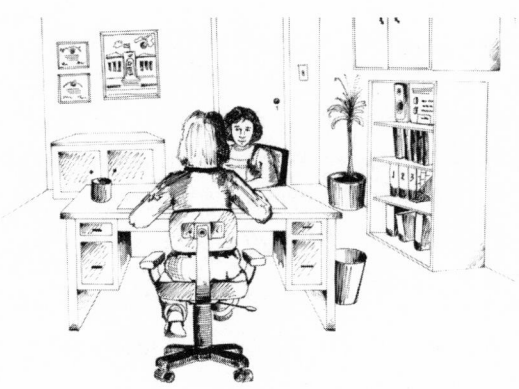

"First off, I'm really glad that you've come to see me now," said Ms. Brooks.

"Why?" asked Graciela.

"Because you're only in seventh grade. That gives you time and time is the most important thing at this point."

"Oh," said Graciela, nodding her head as if she knew that already.

She looked around the office again but this time she took a moment to really absorb what she saw on the shelves. She was excited to be there in that office talking with Ms. Brooks. She felt as if it were the beginning of something special in her life.

"You see, Graciela," continued Ms. Brooks, "applying to a four-year college is a complicated process. You have to start making important decisions in the eighth grade, next year, that is. It's like being on a schedule. The good thing is that you're here now and this is the beginning of that process for you. Good for you. What made you ask Mrs. Earl about me?"

"Well," said Graciela, hesitating for a moment, "I kept hearing about college, I wanted to know what it was exactly and how I could get there," she explained.

"College," said Ms. Brooks, "is a place where people go to study basic subjects such as math and writing and then concentrate on a special field. At the end of four years, if they do well and meet all the requirements, they receive a degree, a diploma. Now a diploma is a piece of paper, like a birth certificate in a way, that says you have completed, successfully completed, a four-year course of study.

"People go to college for different reasons," Ms. Brooks went on to say. "Some want to learn more about a special area like engineering. Of course, some just want to meet people, you know, socialize. Others just want to go and study so they can improve themselves and learn about their world. Some people go so they can move on after college to a professional school and study to be doctors or lawyers. Most people attend college because it's a proven fact that college graduates earn more money over their lifetime than people with only a high school degree," said Ms. Brooks with a smile and a gentle nod.

Looking Graciela right in the eye, she asked, "Why do you think you want to go to college."

Without missing a beat, Graciela blurted out, "I want something more than my parents have. That's all. They work so hard but we are still poor."

Ms. Brooks thought for several seconds.

"Perhaps they didn't have a chance. You know, for one reason or another, not everyone has the opportunity to attend college. I'm sure your parents work very hard to make ends meet."

"Oh they do, they do," said Graciela. "Once I was watching a telenovela on TV and I remember this beautiful girl, she was about my sister's age, 17 or 18, running into the living room where her parents were sitting, jumping up and down, screaming, I'm in, I'm in. I saw that and I knew right then that I wanted to be like her. I wanted to be accepted by a college."

"That's understandable. It really is," said the counselor. "But remember there are many things you have to do between now and then."

"Like what?" Graciela quickly asked.

"Like taking algebra classes. And it would help if you took a foreign language..."

Before Ms. Brooks could finish her sentence, Graciela said, "But I speak Spanish and English."

"I know you do," said the counselor. "Mrs. Earl told me that you speak lovely Spanish and you're a pretty good writer in English. I meant that you have to take a formal course in a language other than English. It could well be Spanish. Most importantly, we're going to have to change your track."

"Track?" Graciela quizzically asked.

"Yes, track," repeated Ms. Brooks. "From your records it looks like you're now being tracked into a vocational training direction. We need to change that and make sure you begin getting college prep classes. That's just the beginning, you also have to do your best to get A's and B's. You've got to do your homework every night. And I mean homework not just a half-hour but an hour or two."

Graciela's eyes widened at that.

"Let me check on enrichment programs that you can sign up for during the summer and maybe even on weekends during the school year," said Ms. Brooks as she glanced down at her wristwatch.

"I've got to go soon but we'll meet again at the beginning of 8th grade," she said standing up as she handed Graciela a packet of papers. "Read these with your parents."

Graciela left Ms. Brooks office with a million things going through her head. *Dios mio*, she thought, it's going to be a lot of work.

Chapter 5

A Family Matter

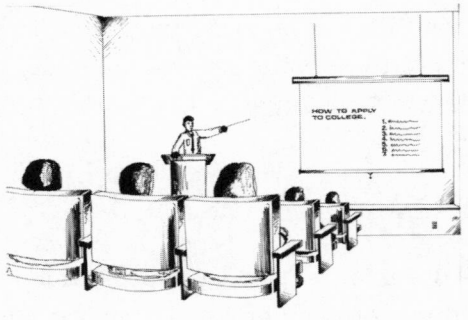

When Graciela got home she knew the time had come. She had to talk to her parents about going to college. She opened the packet of materials from her counselor and she realized that she had to make some choices next year and especially by the time she was in 9th grade. She would sign up for a Spanish class and make sure she could get into an algebra course. And she had to remember to be sure that she was in a track that had college prep courses.

At about 5 o'clock or so, her mother, Isabel, walked in after a day of cleaning houses and taking the bus at 6 in the morning to the other side of town.

"How are you today, baby. Was it a good day at school?" her mother asked.

Graciela could see that she was tired. Her mother put her bags and things down and went right into the kitchen to start making dinner.

"Fine, Mama, fine," she replied.

"Do you have a lot of homework tonight, *mija?*" Mrs. Rodriguez asked as she took some chicken out of the freezer for dinner.

"Not too much tonight but by next year I'll have a lot more," Graciela blurted out.

"What? Next year?

"Mama, I need to talk with you and Papa about something. It can't wait," Graciela said.

"I want to go to college, Mama. I really want to go."

Her mother just stared at her for a moment and walked out of the little kitchen and into the dining room, holding a chicken breast in her hand.

"Graciela," she said, "you know it's expensive. Your father will be home in an hour. Let's all talk then but you know that this will make him upset. If you really want to go we will do what we can but you have to understand that we really don't know what's involved. We don't even know how much it will cost."

Sensing that Graciela had her mind set on this, her mother went on to say, "It's not just the money." She wiped her hands on a dishcloth and went back into the kitchen.

Graciela could tell that her mother was upset, too. Not angry but weighed down with one more worry.

Graciela went into the bedroom she shared with Rosa and sat on the bed trying to read but she couldn't. She kept thinking of what she would say to her father.

At about 6:15 he walked in the door and he didn't look happy. He was late because he had missed his bus and he hates that. Her mother tried to be sweet to him because she knew what was coming.

The family had dinner together. Carlito had been upstairs with Graciela's aunt, her mother's sister, *Tia* Maria, who took care of several children in the building every day for a small fee. Maria had wanted to be a teacher but never graduated from high school.

Rosa breezed in just as they were finishing dinner

"Rosa, where were you?" her father asked.

"At Consuelo's," she answered, "and I had dinner there."

"You should have called," Mama said.

"Sorry. I've got to go back. I forgot my purse there," Rosa said and left almost as quickly as she arrived.

Graciela helped her mother clear the table and her father and Carlito played a game on the floor of their small living room on the rug they had brought back from Mexico many years before.

"Arturo," his wife, Isabel, said softly.

He looked up and he instantly knew something was going on.

"Graciela needs to talk with us about college."

Arturo got up from the floor. At forty he was a man with an athletic build and quick reflexes and he was standing up before you knew it.

"Gracie, what is it?" her father asked.

"I want to go to college. I went to see a counselor today and she told me that I could do it. She took me through some of the steps. And she said if I start now and work really hard, I can get in."

"I've told you before, you need to work, you need a job. Do you think college is free? Who will pay for things? Who?" her father said, his voice rising. "You need to be here with your family not some place else, who knows where with strange men. Do you understand me?"

"Papi, papi, wait!" Graciela said. Her eyes were welling up with tears and her voice was cracking. "Please listen. Just listen, please."

"Listen to what, this craziness. You belong here with your family," he said with his right index finger jabbing the air.

"Arturo!" his wife's voice shot out. "Give her a chance. You always said you wished your father had listened to you when you had an idea. He was against you coming to the United States. Remember—he said you were crazy for wanting to cross the border."

Isabel lowered her voice.

"*Querido*, we—you and me—we came here with dreams, we wanted our kids to have a better life." She looked at her husband with beautiful brown eyes that he could not resist, that he was never able to resist.

There was a silence in the room so thick it felt like the air was made of honey.

Arturo took a deep breath and then said, "Let's see, let's see what happens. I'm not going to say yes but I won't say no either."

That was a small victory for Graciela.

"Dinner's ready. Let's sit down and eat," said her mother.

And, on that day, as the Rodriguez family sat down to chicken tacos and rice, Graciela began her long journey to college.

Chapter 6

Applying to College

Things had gone well for Graciela in 8th grade. Now she was in 9th grade.

Ms. Brooks had been a big help. Graciela had changed her track and she was now taking college prep courses. She had done really well in algebra but she was struggling a bit with her formal Spanish. She really liked her new teachers especially Mr. Conner, who taught the English class, and Ms. Kaplan, her math and computer teacher. Things were busier this year but Graciela felt happy. She also found herself spending more time with Angela Cordero, the Cordero sister who was also in 9th grade. Angela was turning out to be a friend who studied hard and often asked Graciela for help especially with their math homework.

Little by little her father started to come around. She shared things about her work with him and, finally, after a year and a half, he seemed to accept her dream a little bit more each day.

It was about halfway through the fall term of 9th grade when she and her parents decided to attend an evening workshop about applying to college.

The weather was chilly when the Rodriguez family made the trek from their apartment to the school gym. Even Rosa went along for the workshop. She was starting to think that some kind college experience might be the way for her, too. Recently, she was passed over for an assistant manager promotion at the Wal-Mart and that made her think that maybe Graciela was on to something.

When the family arrived, the gym was filling up with people. There was a large projection screen on the makeshift stage with the words, "How to Apply for College" projected in big blue letters.

The principal from the middle school, Mrs. Jasper, came up to the microphone and welcomed everyone.

"This is a special night for Greenwood Middle School. We are very fortunate to have Mr. Albert Lee with us tonight. He is from the state university system and is here to tell us what you need to do to apply to college."

And, then with a graceful wave of her hand toward the tall man in the white shirt and dark pants, she said, "Mr. Lee, it's all yours."

"Thank you," said Mr. Lee.

"I am so happy to see so many parents here tonight and I'm really pleased that so many Greenwood students are here, too. I'm going to walk you through the main steps involved in applying to college. I'll give you an overview of what's involved and some tips on what you can all do to get ready for this big step."

With that said, Mr. Lee asked for the first slide.

"The Parents' Role"

"Your help is essential. Your son or daughter needs all the support they can get. They need to take the right courses, they need help in deciding where to apply to and they need help in filling out the applications and then finally in making the right final decision for them," said Mr. Lee.

"One thing I recommend," he went on to say, "is that each student start a personal file. This file should hold all your report cards and evaluations, any diplomas or certificates you have earned, any awards you may have received, a complete list of activities you have been involved in such as yearbook, sports teams, etc., any offices you have held and any type of community service you have performed. And, remember that your child will need letters of recommendation: two from teachers, one from a college counselor and one from someone who knows the applicant.

"Now, parents, your job is to make sure that they maintain this file and update it twice a year," said Mr. Lee.

"Parents," Mr. Lee said with an emphatic tone, "you must also spend time with your children and make sure they are taking college preparatory courses. This is extremely important. And you also have to make it a point to visit local colleges with your children. And try to get them enrolled in as many academic enrichment courses as they can handle. These include programs like Talent Search and Upward Bound. And, above all else, make sure that your children maintain A's and B's in all their classes."

The next slide went up: "TESTS: The PSAT: Preliminary Scholastic Assessment Test and the Scholastic Assessment Tests. Another slide read: SAT II: The Subject Area Tests."

Graciela had heard about the PSAT. Ms. Brooks has mentioned it once or twice but said she didn't need to really worry about it until 11th grade.

That's exactly what Mr. Lee said.

"In 11th grade," he explained, "your child will need to register for the PSAT. This is a practice exam for the SAT. The PSAT is also needed so your child can apply for national scholarships like the National Merit, the National Achievement and the National Hispanic Scholarship programs."

Mr. Lee stopped for a moment to make sure that all of this sank in with the parents and then went on:

"The PSAT is a really good thing. And I'll tell you why. The results will give you, your child and their college counselors a good idea of your child's needs and the areas that he or she might need to work on as they prepare to apply to college. One last thing about these tests and this is for you students: start thinking now about when you're going to take these college entrance tests. Again, touch base with your counselor."

Then Mr. Lee pointed out that a student needed at least 15 yearlong academic subjects.

"This translates into at least four college prep courses every year of high school," Mr. Lee said. "Be sure and check with your counselor to find out exactly what each college requires. But basically this is it."

Mr. Lee went through a few more slides including ones about researching colleges that you would like to attend, visiting colleges, and how to fill out the applications.

Mrs. Rodriguez was a little overwhelmed by everything she had heard tonight. Especially because it all was new. She wasn't sure if she would really be able to help Graciela with the applications and understanding all those tests and classes she had to take. But she did know that she could always contact Graciela's counselor if they needed help. She even thought to herself that it would be a good idea to start a support group with other parents.

On the way home, Mrs. Rodriguez heaved a sigh of relief and said, "It's a lot but now we have an idea of what we have to do."

Chapter 7

Graciela's Personal Statement

Graciela was now in 11th grade. She was working very hard on her homework one Saturday morning when the phone rang. It startled her. She answered it and a desperate voice shot out from the other end.

"Gracie, Gracie, something bad has happened," cried her friend Marci. She seemed to be sobbing uncontrollably.

"What is it? What?" asked Graciela.

"I'm pregnant. I can't believe it but I'm pregnant and I don't know what to do," Marci cried out. "I didn't even know who to call. Oh, Gracie, what an idiot I am."

"Was it Rudy?" asked Graciela.

"Yeah," replied Marci in a softer tone.

They talked for a while and when Graciela got off the phone she was more determined than ever to go to college. Marci was a good friend but she spent too much time with her boyfriend and almost no time on her schoolwork and now she was pregnant.

Graciela had an appointment with the high school guidance counselor on Monday and Graciela was going to show her all her application materials and the first draft of her personal statement.

She sat still for a few minutes pondering life and her future. She pulled out her personal statement and began to make some changes. Marci's call would now be part of it. She wondered what would happen to Marci and then she read the first few paragraphs of her revised personal statement.

My name is Graciela Rodriguez. I was born into a hard-working family almost 17 years ago. My very first memories are of my mother holding me and telling me in gentle Spanish that I was going to have a wonderful life. She would stroke my forehead and say, "You are special, mija. You are going to grow up and be more than we can imagine. I want you to dream big dreams."

I think back now to those first words from my mother's lips and I realize that's why I want to go to college. My Uncle Joe always used to tell me that life is short and that you have to make the best of it. College is how I plan to make the best of my life and "dream big dreams."

As I was preparing this statement I received a call from a good friend of mine. She was going through a personal crisis and for now she will have to place college on hold. It was sad for me but at the same time it made me want to attend college more than ever because I don't want to put my dreams on hold.

I've worked hard. I dreamed a dream where I saw myself walking on your campus with its green lawns, its tall pine trees and all kinds of students hurrying to class with books under their arms. I saw myself there walking to class past the pine trees. I was a college student. I am going to be a college student. That's my dream for me and for my family.

I want to tell you about myself by telling you about my family and particularly relating the life story of my mother.

Isabel Reyes was born in a small village in the Mexican state of Michoacan. The village was called Las Florencias. At one time it had another name, something indigenous, but it was lost in the pages of colonial history. Isabel was the third daughter in a family of 11. She once told me that she didn't wear shoes until she was almost ten years old. That's how it was then, she would say. That's how it was.

Graciela stopped reading to herself. She felt a tear in her eye and she just let it fall down her cheek.

Monday was a big day for her. She met with her new college counselor. When she started high school she had to say goodbye to Ms. Brooks but she soon found that she had a good guide in her new counselor, Mr. Frank Schuster.

Mr. Schuster was a good man who knew everything about applying to college. He often told her that 50% of getting into college was having the desire to attend and learn and graduate. Graciela certainly had that.

Her high school counselor was always eager to help her understand the different applications. In fact, today they were going to review her application to one of the biggest university systems in the country.

Chapter 8

Making it Happen

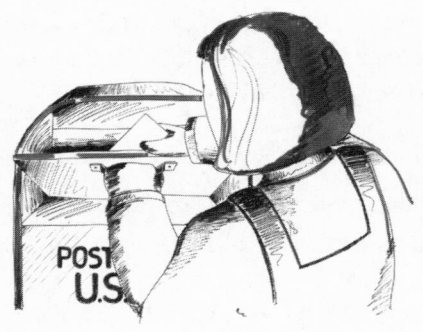

Monday came and Graciela headed to Mr. Schuster's office for a 9 a.m. meeting. She always enjoyed her time with him. He liked to joke about things and he often told her that one day she would be helping other young people apply to college. In fact, he called her Miss Jr. Counselor.

She pulled her packet of application materials out of her blue backpack. She was a little nervous. After all, she was applying to one of the largest public university systems in the country. She had always wanted to move to another city, away from her parents and now she was about to mail her application forms. She felt like she was on the brink of a new phase in her life.

Mr. Schuster had a smile on his face as he read her forms but then as he began to read her personal statement, the expression on his face changed. He seemed to be absorbed in the story of her mother's journey from a small village in Mexico to a big city in the United States.

"Graciela," said Mr. Schuster, "this is absolutely wonderful. Your personal statement makes a great case for your application to college. I especially like the section where your mother decides that she must leave the village and come to the United States."

Mr. Schuster went back a page or two and read aloud:

Isabel looked up at the big wide sky. She knew that tomorrow night would be her last night in Las Florencias. Ever since she was a young girl the sky had been her guide, the most immovable part of her little universe. Every morning she would greet it and every night she would wish it goodnight. Now she would be saying goodbye to that friendly sky perhaps never to see it again. She loved her village but she also knew that it was time to move on, the world just had too much to offer. It was time to go to el norte.

"Your mother's decision to move on," Mr. Schuster said, "is very similar to your decision to go to college, to make a new life. Maybe you'll decide to move away from home just like your mother."

Graciela hadn't seen it that way but maybe the counselor was right. Maybe going to college was similar to her mother's decision to leave home.

That night she gave her mother an extra big hug when she got home from work.

Her mother and her father, Arturo, were going to a parent discussion group meeting for parents whose children were getting ready to go to college. Now it all seemed natural but a few years ago it would have been almost unthinkable.

Arturo went from being discouraging and negative to learning how to encourage his daughter's dreams. He no longer thought that she should stay at home, get a job and help pay the bills.

Now her father was one of the parent leaders. Her mother told Graciela that Arturo was often the one who helped other parents, especially the fathers, see why their daughters should go to college. He would talk about how hard Graciela had worked to be prepared for college. And he would say that the men should support their daughters.

One day Arturo had come home after one of the support meetings and told Graciela that she should be prepared for the fact that many of her fellow students at college would be coming from different backgrounds. Many of them wouldn't be able to relate to her experiences. Their families may not have gone through economic hard times. Many of them wouldn't know what's like to be from an immigrant family or a bilingual family. Most importantly, she would have to face the challenges of being a first-generation college student.

Ever since Graciela first decided that college could be an option, many things had changed. She had changed but so had her family. It was inspiring to her and it made her proud of both of her parents but especially proud of her father. They had all come a long way.

Just like Mr. Schuster said, it was a "new life."

Chapter 9

The Envelope, Please

Graciela spent the summer working at a nearby bakery. Every morning except Sundays she rose at 5:45 a.m. to get to the bakery in time to stock the shelves and cases with freshly baked *pan dulce*, bread rolls, cookies and empanadas. By 7 a.m., the bakery was filled with people from the little barrio buying sweet breads and rolls for their lunches, for snacks and for dinner.

Every Friday Graciela went straight to the bank and deposited as much as she could in her savings account. She felt good every time she did it but the truth was she also missed going with her friends to the beach or to a movie on a Saturday afternoon. She loved movies and was looking forward to taking a film class in college. Some days she just wanted to sleep in and not have to get up and go to work or maybe just take a book and walk to the park and read under a tree for a couple of hours. She secretly hoped that all of her sacrifices were worth it.

She had applied to five colleges and now she would have to wait until the Spring to hear whether or not she would be accepted.

Mr. Schuster said she would probably begin receiving letters from the colleges around mid to late March.

During Christmas break Graciela had a dream. She was walking along a mountain path toward a distant peak with snow on top. It glistened in the bright sun like a shiny silver dome. She walked and walked in her dream toward the mountain peak and then just before she woke up, Graciela reached the top. When she climbed up to the highest point of the peak she saw a photograph of herself in a beautiful jeweled frame resting against a rock in the snow.

After that dream she knew she would be going to college. The mountaintop was college. Her mother even told Doña Juana, the neighborhood *curandera*, about Graciela's dream. Doña Juana told her that her dream was the prophetic fulfillment of her desire to attend college.

March arrived and the days began to pass very slowly or so it seemed to Graciela. Every day when she came home from school she would check the mail to see whether or not she had been accepted at one of the colleges.

Then, one day, a Monday, the first one was delivered. It was a thick and heavy gray envelope. Mr. Schuster always said that the thick ones were the good ones.

Graciela was the only one home and she held the envelope in her hands with a little fear and a little anticipation mixed together.

She waited until everyone was home. At 7 p.m. on the second Monday of March with her whole family gathered around her, she opened the envelope.

"C'mon, open it Gracie," her mother said as she made the sign of the cross.

Graciela took a deep breath and slowly opened the envelope. She took out the cover letter and read the first sentence:

Dear Ms. Rodriguez:

We are pleased to inform you that you have been accepted..."

Squeals of delight burst out from Graciela, her sister, Rosa, and her mother. Her father hugged her and Carlito gave a big whoop.

"Gracie, you did it, you did it." Rosa said with tears in her eyes.

I'm going to college," Graciela said. "I'm really going."

That night was one of the most special nights of her life. Her mother made Graciela's favorite dish: red chile enchiladas, extra spicy. Although her father still had mixed feelings about it all, he joined in and played some songs on his guitar. It was a bittersweet moment for him. He knew he would miss her and at the same time he was proud of her.

Within the next two weeks Graciela received letters from all five colleges. She was accepted at four including her first choice.

Chapter 10

A New Life Begins

The first few days of college were an exciting blur of new experiences for Graciela. Before classes began, she had spent a lot of time arranging her schedule. She had remembered how helpful her counselors had been in middle school and high school so she made it a point to find the freshman counselors and ask them for advice. She was very pleased with her schedule and with the mix of courses they had helped her select.

She was taking courses in history, math, biology and Spanish. It was just right and she also had time twice a week to work out at the campus gym. She had also been given some work study money and spent two afternoons a week in the Psychology Department as an assistant to the programmer. For now, she keyboarded data into a computer for a post-doctoral student. It was all a learning opportunity.

It was a little hard for her on day one to believe that she was on a college campus, all signed up and walking to her first class: The History of the Americas. But she quickly adapted.

Graciela walked into the classroom a little before 9 a.m. and found a seat near the front. She looked around and saw other students. People from different places with different backgrounds. The professor walked in. She was a middle-aged woman with close-cropped graying hair and glasses carrying a big black leather briefcase.

She took out some papers and briefly welcomed all the students. She made a joke about how hard it is to go from summer vacation to the first day of classes and then started taking roll.

She went down the list alphabetically and when she got to the P's, Graciela sat up a little taller in her chair. Pei, William; Pierson, Brittany. Then she came to the R's: Robins, Jessica; Rodriguez, Graciela.

For a moment, she savored the sound of her name rolling off the professor's tongue and then Graciela put her hand up. After the roll call, the professor handed out the course syllabus and started her lecture about the first known inhabitants of the American continents.

By the end of the day, Graciela was feeling comfortable on the campus. The hustle and bustle seemed exactly like she had imagined it would be. She liked all her classes especially history and biology. For the most part, the professors seemed friendly and relaxed. It was a good start.

She was living in a dorm room with three other female students. They were all from different parts of the state. When she got back to the room after her classes on the first day, she sat down on her bed for a few minutes and thought back to that day so many years ago now when she was in 7th grade and college was a budding dream.

"What a journey," she thought to herself. "From little girl to college student. Wow."

Later that first week she called home and spoke to her mother and father. They peppered her with questions about everything. Her living quarters, her roommates, the food, the professors. Graciela tried to answer everything as best she could. When she hung up she cried a little. She missed home and she missed her mother's cooking and little Carlito's practical jokes.

Although she did miss her old life, she was also grateful for having the chance to have a different kind of life. Mr. Schuster used to say that she was mature for her age and maybe that was a blessing. Being thankful was second nature to Graciela.

One evening while walking back to the dorm from the Psychology Department, she stopped for a moment and looked up to the darkening sky. She remembered her personal statement and the words she wrote about her mother who had loved the sky above her little village of Las Florencias.

Well, Graciela thought, this place, this campus, this was now her village. She gazed at the stars beginning to sparkle here and there as night crept across the sky. I said yes, she thought. I said yes and my dream came true.

To Be Continued...

A Checklist for Parents
Helping Your Children Go to College

There are many things a parent can do to help their children go to college. Everything from offering support and encouragement, to sitting with them as they decide which school to attend.

Here is the main idea: your children need to prepare and plan ahead in order to have a good chance to attend college.

- **It all starts in 6th Grade:**

There are five things you can help them with in 6th Grade:

1. First, and most importantly, talk about college with your children. Let them know the many benefits of going to college.

2. Go see the counselor in middle school and make sure your daughter or son is signed up for college preparatory classes. These include basic Algebra, geometry, English, and a foreign language class.

3. Visit websites specifically designed to provide college information. Start by conducting a web search using the keywords: college admissions and the names of colleges and universities that interest your children.

4. Check with the middle school office and see if they have college information nights for parents. If they do, be sure to sign up and go.

5. Take time to learn about their schoolwork and be sure to make time to help them with their homework.

• Steps to Take in 7th Grade:

Your child should work hard and concentrate on math, language skills and a foreign language. In addition, she or he should stay in close and regular contact with the school counselor.

You need to attend college information programs and visit websites for various colleges. Again, in 7th grade, be positive and supportive about the positive life opportunities that come with a college education.

• Tips for 8th Grade:

Be sure your child signs up for an Algebra I course this year. It's also the year to start a language class. This is the grade to sign up for the PSAT which will help your child prepare for the SAT tests.

As the parent, you should be sure and stay in touch with the school counselor. Check to see if your child is taking the right classes to prepare for college.

This is the grade when both you and your child need to concentrate on the classes she or he is taking and continue discussing the whole process of preparing for college.

• 9th Grade— Staying on Track:

Now your child is in high school. You and your child need to understand that this year and the next three years are vitally important.

For this year, make sure your child is taking geometry, English and a foreign language. Both of you need to know the entrance requirements for public and private colleges. You also should help your child develop a College Journal. Use this journal to keep track of classes taken, extracurricular activities and also begin collecting any and all information that may be helpful.

Find out the dates for the various required tests. Note those down on a family calendar.

- **10th Grade Planning Steps:**

Here are four steps to help you out this year:

1. Make sure your child is enrolled in Algebra II and English classes.

2. Sign your child up for enrichment courses offered by state colleges.

3. Work with your child on keeping her or his College Journal up-to-date with completed classes and classes needed in 10th and 11th grades.

4. Check out websites on college preparation and college admissions procedures.

- **What to do in 11th Grade:**

This is the make or break year. Here are the check points you need to be aware of:

√ Your child is taking advanced math and English

√ Call or meet with the high school counselor to make sure your child is on track and taking the college preparatory classes

√ Attend college information programs at your child's high school and find out when representatives from colleges will be coming to the high school and ask the counselor to schedule a meeting for you.

√ If possible, try and visit local college campuses. Call before you go and make an appointment with someone from the admissions office and discuss your child's grades and classes from the last three years.

√ You and your child need to know that A's and B's in 11th grade are extremely important.

√ Talk to the high school counselor about your child registering for the necessary tests. Your child will need to register in October for the PSAT, a practice exam for the SAT I test. This test is important if your child is applying for national scholarships including the National Hispanic Scholarship.

√ Look into the various entrance exams. Most colleges require them.

√ Your child will need to obtain college entrance exam review books. These can be borrowed from local public libraries, the high school library or bought at a bookstore. There are also free workshops that your child's high school may offer on how to prepare for these exams.

• 12th Grade—Month by Month:

August: Sign up for advanced math and English and review your class schedules with your child and make sure she or he reviews everything with the high school counselor.

September: Update the College Journal with the courses your child took in junior year and the classes she or he will be taking in senior year. Make sure your child has registered for the college entrance exams. The high school counselor can help you obtain the proper registration forms and other related information including fee waivers for families that qualify.

October: Start the college application process. Order forms from the colleges your child is interested in or go to the college's website and print out a copy of the form. Check in with the high school counselor to see where things are at with your child. It's important to remember that the more support you can offer, the more it will help your child.

November: This is the month to apply. The applications must be filed with the admissions office of the college or colleges you child would like to attend.

December: Take a breather from the whole process. You deserve it!

January: Obtain a copy of the FAFSA. This is the short name for the Free Application for Federal Student Aid. You can get a form from the high school counselor. Help your son or daughter complete the form.

February: Look into the various summer orientation programs available to first-year college students offered by different colleges.

March: This is when you hear where your child has been accepted.

There may be a need for your child to sign up for certain types of subject area placement tests usually in English or math.

April: Begin planning for the Advanced Placement exams if your child has taken AP courses.

May: Get ready for graduation.

June: Graduation Day. Time to celebrate.

Graciela's Dream

By

Max & Katherine Benavídez

El Sueño de Graciela

Por

Max y Katherine Benavídez

Contenido

Capítulo 1

¿Qué es la universidad?

Graciela había cumplido 12 años el día anterior y ahora se encontraba sola en medio del patio de la escuela secundaria Greenwood buscando a su mejor amiga, Sandra, a quien no veía por ningún lado. Ella pensaba que 12 años era una edad importante porque solo le faltaría un año para convertirse en una adolescente, sin embargo este era un día como cualquier otro. En fin, no estaba Sandra, así que Graciela decidió esperar un rato. Encontró un lugar para sentarse en una banca debajo del único árbol que había en ese patio cubierto con piso de cemento gris. Estaba sacando un libro de su mochila cuando llegaron las hermanas Cordero quienes se sentaron justo al lado de ella, y comenzaron a hablar acerca de la universidad a la que planeaban asistir.

Universidad, pensó Graciela. Sonaba tan especial. Tan lejano.

Graciela sabía que probablemente nunca iría a la universidad. A diferencia del padre de las hermanas Cordero, quien era dueño del restaurante Mexicano del barrio, el padre de Graciela era maquinista y siempre estaba en busca de empleo. No estaba segura realmente de cómo era la universidad, ni de qué se hacía allí, sin embargo, sabía que probablemente costaba mucho dinero. De cualquier manera, nadie en su familia había ido a la universidad.

Sentada bajo la sombra, esperar a su amiga estaba resultando un poco aburrido, pero el escuchar a las hermanas Cordero le recordó a Graciela la primera vez que escuchó hablar acerca de la universidad, hacía un año mas o menos. Ella y su hermana mayor, Rosa, estaban en casa viendo una telenovela y una de las jóvenes que actuaba en ese programa entró corriendo a una habitación gritando a todo pulmón que había sido aceptada por una universidad. Inocentemente, Graciela le preguntó a Rosa, "¿Qué es la universidad?".

Rosa ni siquiera volteó a verla, solo cambió de canal con el control remoto y dijo, "Ah, es un lugar a donde la gente rica va después de terminar la preparatoria". Con tono de incredulidad Rosa añadió, "No estás pensando en eso, ¿verdad?".

Graciela y su familia, su hermana Rosa, su madre Isabel, su padre Arturo y su hermano menor Carlito, vivían en un apartamento de dos recamaras en el segundo piso de un viejo edificio de ladrillo cerca del centro, no lejos de la enorme y ruidosa autopista. La vida ahí era una lucha constante pero Graciela era feliz la mayor parte del tiempo. Como solía decir su Mamá, "tenemos qué comer y un techo sobre nuestras cabezas. Debemos estar agradecidos por esto".

Sin embargo, Graciela pensaba que la vida era algo más que solo comida y techo. No estaba segura de lo que era pero le intrigaba la idea de asistir a la universidad. A pesar de que las hermanas Cordero a veces eran malas, había algo diferente en ellas. Todos las trataban siempre como si fueran especiales.

Graciela también quería ser especial. Quería conocer el gran mundo que existía afuera de su pequeño vecindario y de aquel pequeño pueblo Mexicano en donde habían crecido sus padres y al que recordaban con tanto cariño. Ella solo conocía su vecindario y sus escuelas. Sabía que ella quería algo más que la lucha diaria a la que sus padres se enfrentaban día tras día, contando cada centavo y siempre preocupados. Algo dentro de ella le decía que la universidad podía ser el camino.

Graciela pensó acerca del lugar desconocido al que todos llamaban universidad y su instinto le decía que si quería llegar a ser alguien especial o hacer algo especial, debía conocer más acerca de la universidad.

Un día, sentada en el salón de clases, tuvo una idea: preguntaría a la Sra. Earl, su maestra de séptimo grado, acerca de la universidad. La Sra. Earl era muy buena y parecía que le agradaba Graciela. De hecho, siempre preguntaba a Graciela si sus padres podrían venir a la escuela para hablar con ella acerca del progreso de Graciela en sus clases. Era una estudiante muy buena. Desafortunadamente, sus padres siempre estaban trabajando o muy cansados o tal vez, pensó Graciela, se sentían intimidados de venir a hablar con la Sra. Earl. De todos modos, Graciela decidió que preguntaría a la Sra. Earl si podía hablar con ella acerca de algo muy importante después del recreo.

¿Puedo yo ingresar a la universidad?

Graciela se armó con todo el valor que pudo, y al día siguiente le preguntó a la Sra. Earl que si podía platicar con ella a la salida de la escuela, acerca de algo muy importante.

"Por supuesto, Graciela. Te veo aquí a las tres en punto", contestó la Sra. Earl.

A las tres en punto Graciela entró al salón de clase #201 y caminó hacía la Sra. Earl y sin más rodeos le preguntó, "¿Qué es universidad?".

"¿La universidad?". repitió la Sra. Earl, una mujer alta, delgada, con cabello canoso y lentes con aros negros.

"Sí, la universidad.", dijo Graciela, con una firmeza que le sorprendió hasta a ella misma.

"¿Qué quieres saber?", preguntó la Sra. Earl.

"¿Puedo ir a una?", preguntó Graciela suavemente, recobrando su voz de niña pequeña por un momento. "¿Puedo ir a la universidad?".

"Sí. Tu puedes ir a la universidad. Pero antes necesitas saber qué es lo que tienes que hacer para poder solicitar tu ingreso a una".

"¿Solicitar?"

"Necesitas solicitar tu ingreso para entrar a la universidad. No puedes aparecerte ahí un día y empezar a tomar clases. Primero tienes que llenar un formulario especial de solicitud. Tú sabes, unos formularios con tu nombre, dirección, datos de las escuelas a las que asististe, grados cursados y calificaciones. Tienes que escribir un ensayo donde les comunicas a las personas encargadas de las admisiones en la universidad, las razones por las que tú consideras que ellos te deben admitir en su universidad. Y luego, tú sabes, existen diferentes tipos de escuelas universitarias y universidades. Unas pequeñas. Otras grandes. Particulares y públicas. Yo asistí a la escuela universitaria estatal para maestros que está aquí en la ciudad. Todo depende en lo que quieres estudiar".

La Sra. Earl le acababa de dar a Graciela mucha información. Grandes. Chicas. Particulares. Públicas. Escuelas para maestros. Un ensayo. Lo que quieres estudiar.

"¿Por dónde empiezo? ¿Qué es lo primero que debo hacer?", preguntó Graciela en voz alta, de nuevo un poco sorprendida por sus propias preguntas.

"Ve a platicar con tu consejero", le dijo la Sra. Earl mientras miraba su reloj para ver la hora. Graciela supuso que la Sra. Earl tendría algo que hacer.

"¿Un consejero? ¿Yo tengo un consejero?", le preguntó Graciela.

"Si, a cada estudiante se le asigna un consejero. El tuyo es la Señorita Brooks".

Por un momento Graciela no supo ni que decir. Se sentía un poco avergonzada por el hecho de tener un consejero y ni siquiera estar enterada. Salió del salón sintiéndose abrumada por todo lo anterior. Se dirigió corriendo hacia donde se encontraban sus amigas Sandra y Marci y otras niñas.

"¿Qué estabas haciendo Gracie, adulando a la Sra. Earl?", le dijo con cierto sarcasmo Sandra.

"No. Solo le preguntaba acerca de las escuelas universitarias", dijo Graciela.

Todas las niñas se rieron.

"¡Escuelas universitarias! Vamos, tú sabes que no puedes asistir a la universidad", le dijo Sandra. "Cuesta mucho dinero y de todos modos tú debes conseguir un trabajo después de la preparatoria. Tu propia hermana ya tiene un trabajo en Wal-Mart esperándola después de que se gradúe de la preparatoria. Estás soñando."

Al mismo tiempo que ellas dieron la vuelta para retirarse, Graciela se dirigió hacia su casa y pensó que tal vez Sandra y las demás tenían razón. ¿Qué pretendía pensando que podría ir a la universidad? Sus padres contaban con que ella consiguiera un empleo y ayudara a la familia. Tal vez Carlito iría a la universidad, pero no ella. Su papá siempre le decía que ella debía encontrar un empleo cerca de la casa. El Wal-Mart estaba a solo unas cuadras de su casa y pagaban bien. Graciela no sabía ni que pensar, se sentía desanimada y un poco confundida.

Comenzando

Los días siguientes fueron muy difíciles para Graciela. Ella realmente no tenía a nadie con quien platicar acerca de sus sueños de ingresar a una universidad. Sus padres siempre parecían estar cansados o demasiado preocupados por algo y no dedicaban tiempo para hablar del futuro de ella.

Graciela no tuvo que esperar mucho para que algo sucediera. Pocos días después de que ella platicó con la Sra. Earl, llegó por correo una carta dirigida a Graciela. Cuando ella llegó a su casa, Rosa tenía en sus manos un sobre y movía su cabeza con desaprobación.

"Estas en problemas. Mira esto", le dijo dirigiendo el sobre hacía la cara de Graciela.

"¿Qué es eso?", le preguntó Graciela, alarmada por la expresión de desaprobación de Rosa.

"Es una carta de la escuela. Nosotros nunca recibimos cartas de la escuela". Rosa le entregó la carta y luego permaneció observando a Graciela como si ésta hubiera cometido un crimen o algo parecido.

Graciela se sentó en el sofá sosteniendo el sobre y, varias veces, respiró profundamente. Luego pensó que debía abrir el sobre.

Recorriendo con su dedo debajo de la tapa cerrada del sobre la despegó y abriendo el sobre sacó la carta que decía lo siguiente:

Estimada Graciela Rodríguez:

Gracias por tu interés en el programa de consejería estudiantil de la secundaria Greenwood. Yo soy la consejera que se te ha asignado. Puedes hacer una cita para verme viniendo a la oficina central, despacho 104. Ahí puedes revisar mi agenda para ver los horarios disponibles. Yo estoy aquí los lunes, miércoles y viernes de 8:30am a 2:30pm.

Espero verte pronto.

Sinceramente,

Nancy Brooks

Consejera

Bueno, pensó Graciela, la Sra. Earl le comentó algo a mi consejera. Tengo que hacer una cita.

"¿Qué es eso?", preguntó Rosa levantando su voz, "¿Qué?".

"Es una carta de mi consejera. Dirigida a mí", dijo Graciela.

"¿Y?" dijo Rosa

"Nada, simplemente voy a ir a verla, eso es todo. Ella solo desea que yo sepa que puedo verla", explicó Graciela.

El día siguiente era jueves y ella fue directamente a la oficina central y le dijo a la recepcionista que deseaba hacer una cita con la Señorita Brooks. Ella podría verla el viernes, media hora después del mediodía en su oficina.

Graciela estaba tan emocionada, que en forma intempestiva, les contó a sus padres esa tarde a la hora de cenar todo lo sucedido.

"¿Por qué quieres hacer eso?", le preguntó su padre. "Tú sabes que eso cuesta dinero y nosotros simplemente no lo tenemos. Tú debes salir y conseguir un trabajo, justamente como tu hermana lo está haciendo".

"No papá, escúchame", le dijo Graciela, sabiendo que estaba traspasando los límites. Su padre actuaba con dulzura pero también con firmeza. "Yo solamente quiero pedir a la consejera que me conteste algunas preguntas".

"Bueno, no te hagas muchas ilusiones, ¿me entiendes?", dijo él, a la vez que miraba a su esposa con una expresión de enojo.

A la mañana siguiente, Graciela se levantó muy temprano y pasó largo tiempo escogiendo su vestimenta para ese día. Finalmente se decidió por su falda azul claro y una blusa blanca y sus zapatos tenis. Ella se miró al espejo y se persigno para que todo saliera bien en su cita con la consejera.

A las 12:30pm ella tocó a la puerta de la oficina de la Señorita Brooks.

"Pase", dijo una voz desde el otro lado.

La oficina era pequeña pero muy ordenada y limpia, con un gran librero lleno de papeles y lo que parecían formularios y libros de diferentes colores.

La Señorita Brooks le mostró una silla y Graciela tomó asiento.

"Me dijo la Sra. Earl que estás interesada en asistir a la universidad", le dijo la Señorita Brooks.

"La verdad", dijo Graciela "es que aún no conozco mucho acerca de la universidad. Y tengo un gran deseo de conocer todo acerca de ella".

Una mano ayuda

"En primer lugar quiero que sepas que estoy muy contenta de que hayas venido a verme ahora", dijo la Señorita Brooks.

"¿Por qué?", preguntó Graciela.

"Porque a penas estás en el séptimo grado. Eso te da el tiempo suficiente y, tiempo es el factor más importante en estos momentos".

"Ah", dijo Graciela, asintiendo con su cabeza como si ya lo supiera de antemano.

Ella miró otra vez alrededor de la oficina, pero en esta ocasión, tomó tiempo para observar bien todo lo que se encontraba en los estantes. Estaba muy emocionada de estar ahí, en esa oficina, platicando con la Señorita Brooks. Sentía como si eso fuera el principio de algo especial en su vida.

"Mira Graciela", continuó la Señorita Brooks, "el proceso de inscripción para ingresar a una universidad es un proceso complicado. Debes comenzar a tomar decisiones importantes en el octavo grado, es decir, en el próximo año escolar. Es como estar sujeta a un horario. Lo bueno es que tú estás aquí ahora, y esto es el principio de ese proceso para tí. Felicidades. ¿Qué fue lo que te motivó a preguntarle a la Señorita Earl acerca de mí?".

"Bueno", dijo Graciela, titubeando por un instante. "He oído mucho acerca de la universidad, quisiera saber exactamente lo que es y cómo es que puedo ingresar a una".

"La universidad", dijo la Señorita Brooks, "es un lugar donde la gente va a estudiar una área de actividad determinada. Al final de cuatro años, si les fue bien y cumplen con todos los requisitos, reciben un título, un diploma. Un diploma es un papel, es como un acta de nacimiento, que dice que has terminado, satisfactoriamente, un curso de estudios de cuatro años".

"Las personas van a la universidad por diferentes motivos", continuó diciendo la Señorita Brooks. "Unos realmente quieren aprender más acerca de una área en especial, como ingeniería. Por supuesto, algunos solo quieren conocer a otras personas: tú sabes, socializar. Otras solamente quieren estudiar para mejorarse a sí mismas y para aprender más de su mundo. Algunas personas van para después asistir a una escuela profesional y estudiar para ser doctores o abogados. La mayor parte de las personas asisten a la universidad porque está comprobado que los egresados de las universidades ganan más dinero durante su vida que las personas que solo obtuvieron su diploma de la preparatoria", dijo la Señorita Brooks con una sonrisa y asintiendo con una ligera inclinación de su cabeza.

Mirando a Graciela fijamente a los ojos, le preguntó, "¿Por qué crees tú que quieres asistir a la universidad?".

Sin pensarlo dos veces, Graciela respondió, "Yo quiero algo más que lo que tienen mis padres. Eso es todo. Ellos trabajan muy duro pero como quiera seguimos siendo pobres".

La Señorita Brooks se quedó pensando por un momento.

"Es posible que ellos no tuvieron una oportunidad. Sabes, por una razón u otra, no todos tienen la oportunidad de asistir a la universidad. Yo estoy segura de que tus padres trabajan muy duro para alcanzar los fines que se proponen".

"Ah sí, claro que sí", dijo Graciela. "Una vez estaba viendo una telenovela en la televisión y recuerdo que salía una joven hermosa, más o menos de la misma edad de mi hermana, 17 o 18 años, que llegaba corriendo a la sala donde estaban sentados sus padres, brincando y saltando de gusto, gritando, "entré, entré". Vi eso y en esos momentos supe que yo quería ser como ella. Yo quiero ser aceptada en una universidad".

"Eso es natural. Realmente lo es", dijo la consejera. "Pero recuerda que hay muchas cosas que tienes que hacer desde ahora".

"¿Como qué?", preguntó Graciela rápidamente.

"Como tomar clases de álgebra. Y también ayudaría si estudiaras algún idioma extranjero...".

Antes de que la Señorita Brooks pudiera terminar su oración, Graciela dijo, "pero hablo español e inglés".

"Yo lo sé", dijo la consejera. "La Señora Earl me dijo que hablas muy bien el español y que escribes muy bien en inglés. Yo me refiero a que tienes que tomar un curso formal en otro idioma que no sea el inglés. Muy bien podría ser el español. Más importante aún, vamos a tener que cambiar la trayectoria de cursos que estás siguiendo".

"¿La trayectoria de cursos?", preguntó Graciela.

"Si, la trayectoria de cursos", repitió la Señorita Brooks. "Según tus datos parece que estas programada para asistir a una escuela de entrenamiento vocacional. Necesitamos cambiar eso y asegurar que comiences a tomar clases de preparación para la universidad. Eso es solo el principio, también tienes que esforzarte para sacar calificaciones de A's y B's. Tienes que hacer tu tarea cada noche. Y estoy hablando de tarea, no solo de estudiar media hora, sino de estudiar durante una o dos horas".

Graciela se sorprendió al oír eso.

"Voy a revisar algunos programas de enriquecimiento académico en los que te puedas inscribir este verano y, probablemente, durante los fines de semana de este año escolar", dijo la Señorita Brooks mientras miraba su reloj.

"Me tengo que ir pero nos volveremos a ver al principio del octavo grado", dijo mientras le entregaba a Graciela un paquete de hojas. "Lee esto junto con tus padres".

Graciela se alejó de la oficina de la Señorita Brooks con un millón de ideas cruzando por su cabeza. Dios mío, pensó, esto va a costarme mucho trabajo.

Capítulo 5

Un asunto de familia

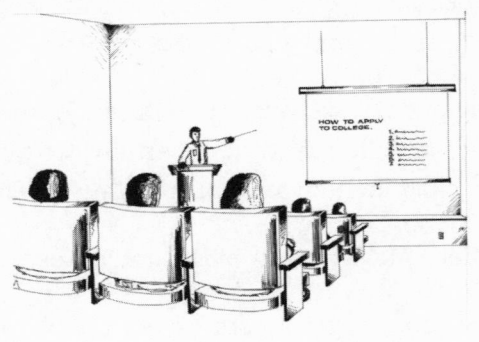

Cuando llegó Graciela a casa, ella sabía que la hora había llegado. Tenía que hablar con sus padres acerca de asistir a la universidad. Abrió el paquete de materiales que le había entregado la consejera y se dio cuenta de que ella tendría que hacer algunas decisiones en el año siguiente, especialmente en el tiempo en que ella cursaría el noveno grado. Ella debería inscribirse en el curso de español y estar segura de inscribirse en un curso de álgebra. Y también recordar que debía asegurarse de estar siguiendo todos los pasos para prepararse y de estar tomando los cursos requeridos para ingresar a la universidad.

Cerca de las 5:00pm su madre, Isabel, entró después de todo un día de limpiar casas y haber tomado el autobús a las seis de la mañana para trasladarse al otro lado de la ciudad.

"¿Cómo estas hoy, mi cielo? ¿Tuviste un buen día en la escuela?", le preguntó su madre.

Graciela pudo observar que ella estaba cansada. Su madre colocó sus bolsas y cosas en el piso y fue directo a la cocina para comenzar a preparar la cena.

"Muy bien, Mamá, muy bien", le contestó.

"¿Tienes mucha tarea esta noche mija?", le pregunto la Sra. Rodríguez mientras sacaba del congelador un poco de pollo para la cena.

"No mucha para esta noche, pero para el año entrante tendré mucha más", le expresó Graciela abruptamente.

"¿Qué? ¿El año que entra?"

"Mamá, necesito platicar contigo y con Papá acerca de algo. No puede esperar", dijo Graciela.

"Quiero ir a la universidad, Mamá. Realmente quiero ir".

Su madre la miró fijamente por un momento y salió de la pequeña cocina y entró al comedor con una pechuga de pollo en su mano.

"Graciela", le dijo, "tú sabes que eso es muy caro. Tu padre va a llegar dentro de una hora. Entonces platicaremos, pero ya sabes que esto le molestará. Si tú realmente quieres ir, nosotros haremos todo lo que podamos, pero debes de entender que realmente nosotros no sabemos todo lo que eso implica, ni cuanto costará".

Consiente de que Graciela ya estaba firme en su deseo, su madre siguió diciendo, "no es solo el dinero". Ella limpió sus manos con un trapo de cocina y regresó a la cocina.

Graciela podía ver que su madre también estaba molesta. No enojada, pero sí apesadumbrada con nuevas preocupaciones.

Graciela se fue a la recámara que compartía con Rosa y se sentó en la cama tratando de leer pero no pudo hacerlo. Seguía pensando en lo que le diría a su padre.

Cerca de las 6:15pm él cruzó por el umbral y no parecía estar contento. Él se había retrasado porque lo dejó el autobús y eso era algo que le molestaba. La madre trató de ser dulce con él porque sabía lo que se aproximaba.

La familia reunida, cenó. Carlito estaba en el piso alto con la tía de Graciela, quien era hermana de su madre, la tía María, quien cuidaba varios niños en el edificio, todos los días, por un pequeño pago. María quiso ser maestra pero nunca se graduó de la preparatoria.

Rosa entró rápidamente justo cuando acababan de cenar.

"¿Rosa, dónde estabas?", preguntó su padre.

"En casa de Consuelo", le contestó, "y ahí cené".

"Deberías habernos llamado", dijo la mamá.

"Lo siento. Tengo que regresar. Olvidé mi bolso ahí", dijo Rosa y salió tan rápido como había llegado.

Graciela ayudó a su madre a limpiar la mesa y su padre y Carlito jugaron en el piso de su pequeña sala sobre el tapete que ellos habían traído desde México muchos años antes.

"Arturo", dijo suavemente su esposa Isabel.

Él levantó la vista y al instante supo que algo estaba pasando.

"Graciela necesita platicar con nosotros acerca de la universidad".

Arturo se levantó del piso. A sus cuarenta años él era un hombre de complexión atlética y reflejos rápidos y estaba de pie antes de que te dieras cuenta.

"¿Gracie, de que se trata?", le preguntó su padre.

"Quiero asistir a la universidad. Hoy fui a ver a una consejera y me dijo que podía hacerlo. Ella me habló de varios pasos que tengo que seguir. Y dijo que si comienzo ahora y trabajo realmente con dedicación, lo puedo lograr".

"Te lo he dicho antes, tú necesitas trabajar, necesitas un trabajo. ¿Crees que la universidad es gratis? ¿Quién va a pagar por las cosas? ¿Quién?", dijo su padre, levantando su voz. "Debes estar aquí con tu familia y no en otro lugar, quien sabe dónde y con qué hombres extraños. ¿Entiendes lo que te estoy diciendo?".

"¡Papi, Papi, espera!", dijo Graciela. Sus ojos se estaban llenando de lagrimas y su voz se estaba quebrantando. "Por favor escucha lo que tengo que decir. Nada más escúchame, por favor".

"Escuchar, ¿qué? ¡Esta locura! Tú debes estar aquí con tu familia", dijo apuntando con su dedo índice de la mano derecha.

"¡Arturo!", dijo su esposa con voz fuerte. "Dale una oportunidad. Siempre has dicho que te hubiera gustado que tu padre te hubiera escuchado cuando tenías alguna idea. Él no estaba de acuerdo contigo cuando decidiste venirte a los Estados Unidos. ¿Te acuerdas? Él dijo que estabas loco en querer cruzar la frontera".

Isabel bajó su voz.

"Querido, nosotros - tú y yo - llegamos aquí con sueños, queríamos que nuestros hijos tuvieran una mejor calidad de vida". Ella miró a su esposo con sus lindos ojos cafés, los cuales él no podía resistir, nunca pudo resistirlos.

Hubo un silencio tan pesado en el cuarto, como si el aire pudiera cortarse con un cuchillo.

Arturo tomó aire y luego dijo, "Vamos a ver, vamos a ver qué pasa. No voy a decir ahora que sí pero tampoco diré que no".

Eso era un triunfo pequeño para Graciela.

Graciela emprendió su viaje a la universidad.

Capítulo 6

Solicitando el ingreso a la universidad

Las cosas marcharon bien para Graciela en el 8° grado. Ahora ella estaba en el 9° grado.

La Señorita Brooks había sido una gran ayuda. Graciela cambió su trayectoria y ahora estaba tomando los cursos de preparación para ingresar a la universidad. Le iba bien en su clase de álgebra, pero estaba batallando un poco con el español formal. Le agradaban sus nuevos maestros, en especial el Sr. Conner, quien enseñaba la clase de inglés y la Señorita Kaplan, quien era la maestra de matemáticas y computación. Graciela estaba más ocupada este año pero ella se sentía feliz. Ahora pasaba más tiempo con Ángela Cordero, una de las hermanas Cordero, que también cursaba el noveno grado. Ángela se estaba convirtiendo en una amiga estudiosa que a menudo le pedía ayuda a Graciela, especialmente para la tarea de matemáticas.

25

Poco a poco su padre comenzó a cambiar de parecer. Compartía sus tareas con él y, finalmente, después de un año y medio, aceptó el sueño de su hija a medida que transcurrían los días.

Fue a mediados del otoño del noveno grado, cuando ella y sus padres decidieron asistir a una reunión tipo taller donde se vería lo relativo a los requisitos para ingresar a la universidad.

El clima era frío cuando la familia Rodríguez hizo el viaje de su casa al gimnasio de la escuela. Hasta Rosa asistió al taller. Ella comenzó a darse cuenta de que la universidad también podría ser el camino para ella. Recientemente a ella no la habían considerado por una promoción para el puesto de asistente del gerente en Wal-Mart y eso la hizo pensar en que quizá Graciela tenía razón.

Cuando llegó la familia al gimnasio, el gimnasio estaba lleno de gente. Había una gran pantalla sobre la plataforma con las palabras: "Como solicitar ingreso a la universidad", en grandes letras azules.

La directora de la escuela, La Señora Jasper, tomó el micrófono y dio la bienvenida a todos.

"Esta noche es especial para la Escuela Greenwood. Estamos muy afortunados al tener al Señor Albert Lee con nosotros en esta noche. Él viene de parte del sistema estatal de universidades y está aquí para decirnos qué es lo que ustedes deben hacer para poder ingresar a la universidad".

Y luego, con un gracioso ademán de su mano dirigido hacia el hombre alto que vestía camisa blanca y pantalones oscuros, dijo, "Sr. Lee, son todos suyos".

"Gracias", dijo el Sr. Lee.

"Estoy muy contento al ver a tantos padres aquí esta noche y estoy muy complacido también, de que haya tantos estudiantes de la escuela Greenwood reunidos aquí. Voy a mostrarles los diferentes pasos incluidos en la solicitud de ingreso para la universidad. Les daré un panorama de todo lo que esto implica y algunos consejos de todo lo que tendrán que hacer para estar listos para este gran paso".

Dicho lo anterior el Sr. Lee pidió que proyectaran la primera transparencia.

"El papel de los padres".

"Su ayuda es esencial. Su hijo o hija necesita todo el apoyo que ellos puedan obtener. Ellos deben tomar los cursos adecuados, necesitan ayuda para decidir donde deben solicitar su ingreso y necesitan ayuda para llenar los formularios de solicitud, y finalmente para tomar la mejor decisión por ellos", dijo el Sr. Lee.

"Algo que les recomiendo", continuó diciendo, "es que cada estudiante inicie la preparación de su archivo personal. Este archivo deberá contener todos sus reportes de calificaciones y de evaluaciones, cualquier diploma o certificado que ustedes hayan realizado. Y, recuerden que su hijo(a) va a necesitar obtener cartas de recomendación: dos escritas por maestros, una por un consejero universitario y una por alguna persona que los conozca bien".

"Ahora, padres, su trabajo es asegurarse de que ellos mantengan este archivo y lo pongan al día cuando menos dos veces al año", dijo el Sr. Lee.

"Padres", dijo el Sr. Lee con un tono enfático, "ustedes deben de pasar tiempo con sus hijos y estar seguros de que ellos están tomando los cursos de preparación para la universidad. Esto es de extrema importancia. Además deben de considerar como un punto importante el hecho de visitar universidades locales junto con sus hijos. Y, asegúrense de que estén tomando cursos de enriquecimiento académico, tantos como les sea posible atender. Eso incluye programas como "Talent Search" (Busca de Talento) y "Upward Bound" (Ampliando los Límites). Y sobre todo, asegúrense de que sus hijos mantengan calificaciones de "A" y "B" en todas sus clases".

La siguiente transparencia apareció: "EXAMENES: EL PSAT: (Examen para la Evaluación Preliminar de Escolaridad), el SAT I: (Examen de Evaluación de Escolaridad) y el SAT II: (Examen sobre la Área de Materias)".

Graciela había oído hablar acerca del PSAT. La Señorita Brooks lo había mencionado una o dos veces pero le dijo que no tenía por ahora que preocuparse sino hasta que llegara al onceavo grado.

Eso fue exactamente lo que dijo el Sr. Lee.

"En el onceavo grado", explicó, "su hijo necesitará registrarse para el PSAT. Este es el examen de práctica para el SAT I. El PSAT es también necesario para que su hijo pueda solicitar una beca de programas como "National Merit" (Mérito Nacional), "National Acheivement" (Reconocimiento Nacional) y "National Hispanic Scholarship Program" (Programa Nacional de Becas para Hispanos).

El Sr. Lee se detuvo un momento para estar seguro de que todo lo anterior había sido captado por los padres y luego continuó.

"El PSAT realmente es algo bueno. Y les diré porque. Los resultados permitirán a ustedes, a sus hijos y a los consejeros de las escuelas tener una clara idea de las necesidades de sus hijos y de las áreas en las que él o ella podrán necesitar trabajar en preparación para solicitar su ingreso a la universidad. Una última cosa con respecto a estos exámenes y me dirijo a ustedes estudiantes: comiencen a pensar, desde ahora, acerca de cuándo van a tomar esos exámenes para ingresar a la universidad. Les recuerdo una vez más, estén en contacto con sus consejeros".

Luego el Sr. Lee puntualizó que un estudiante requiere al menos15 cursos anuales de temas académicos.

"Esto se traduce en, al menos, cuatro cursos de preparación para la universidad por cada año de la preparatoria", dijo el Sr. Lee. "Estén seguros y verifiquen con su consejero para saber lo que cada universidad requiere. Pero básicamente esto es todo".

El Sr. Lee presentó unas cuantas transparencias más incluyendo unas acerca de cómo localizar las universidades a las cuales su hijo desea asistir, las visitas a las mismas y como llenar las solicitudes.

La Sra. Rodríguez estaba un poco aturdida por todo lo que había escuchado esa noche. Especialmente porque todo era nuevo para ella. Ella no estaba segura de ser capaz de ayudar a Graciela con las solicitudes y comprender todos esos exámenes y cursos que ella tenía que tomar. Pero ella sabía que podía ponerse en contacto con la consejera de Graciela en caso de que ellas necesitaran ayuda. Ella, además, pensó para sí misma que quizá sería una buena idea reunirse con otros padres para apoyarse mutualmente.

De regreso a casa, la Sra. Rodríguez suspiró con descanso y dijo, "es mucho pero ahora tenemos una idea de lo que tenemos que hacer".

Capítulo 7

Documento de ingreso a la universidad de Graciela

Graciela cursaba ahora el onceavo grado. Un sábado por la mañana, ella estaba trabajando duramente cumpliendo con su tarea cuando sonó el teléfono. La sorprendió. Contestó el teléfono y surgió una voz desesperada desde el otro extremo de la línea.

"Gracie, Gracie, algo terrible ha sucedido", le decía llorando su amiga Marci. Parecía estar sollozando en forma incontrolable.

"¿Qué sucede? ¿Qué?", preguntó Graciela.

"Estoy embarazada. No puedo creerlo pero estoy embarazada y no sé qué hacer", dijo Marci llorando. "Ni siquiera sabía a quién llamar. Ay Gracie, que tonta soy".

"¿Fue Rudy?", preguntó Graciela.

"Sí", contestó Marci en una voz más baja.

Ellas estuvieron platicando por un rato y cuando Graciela colgó el teléfono estaba más decidida que nunca de asistir a la universidad. Marci era una buena amiga pero ella pasaba mucho tiempo con su novio y muy poco tiempo en sus estudios y tareas y ahora estaba embarazada.

Graciela tenía una cita el lunes con el consejero escolar y Graciela iba a ir para mostrarle todo lo relacionado con su solicitud y el borrador del documento que mencionaba sus motivos para solicitar su ingreso.

Ella permaneció sentada por unos minutos meditando sobre la vida y su futuro. Tomó el documento que había preparado y empezó a hacerle algunos cambios. La llamada de Marci ahora formaría parte de dicho documento. No sabía lo que iba a suceder con Marci y enseguida leyó los primeros párrafos de su documento ya revisado.

Mi nombre es Graciela Rodríguez. Nací en el seno de una familia muy trabajadora hace casi 17 años. Mis primeros recuerdos son de mi madre tomándome en sus brazos y diciéndome suavemente en español que yo iba a tener una vida maravillosa. Frotaba mi frente y decía, "Tú eres muy especial, mija. Tú vas a crecer y ser más de lo que nosotros podemos imaginar. Yo quiero que sueñes en grande.

Yo recuerdo esas palabras que salieron de los labios de mi madre y me doy cuenta de que es por ellas que yo quiero ir a la universidad. Mi tío Joe acostumbraba a decirme que la vida es corta y que yo debía de hacer lo mejor de ella. La universidad es la manera en que yo puedo hacer de mi vida lo mejor y así "soñar grandes sueños".

Cuando estaba redactando este documento recibí una llamada por teléfono de una buena amiga mía. Ella estaba pasando por una crisis personal y por el momento debía dejar la idea de la universidad. Eso fue muy triste para mí pero al mismo tiempo me hizo desear, más que nunca, asistir a la universidad, pues yo no quiero dejar mis sueños de la universidad.

He trabajado muy duro. Tuve un sueño en el cual me veo a mí misma caminando por el campus de la universidad, paseo por sus jardines, sus altos pinos y veo toda clase de alumnos dirigiéndose presurosos a clases con sus libros bajo el brazo. Me vi a mí misma caminando hacia clases cruzando a través de los pinares. Yo era una estudiante de la universidad. Yo seré una estudiante universitaria. Ese es mi sueño para mí y mi familia.

Deseo platicarles acerca de mi persona relatándoles detalles de mi familia y en especial la historia de mi madre.

Isabel Reyes nació en una pequeña aldea de México ubicada en el estado de Michoacán. La aldea se llama Las Florencias. Hace mucho tenía otro nombre, de origen indígena, pero ese nombre se perdió en las páginas de la historia colonial. Isabel fue la tercera hija en una familia de once. En una ocasión me contó que no usó zapatos hasta que tenía casi diez años de edad. Así es como era entonces, me dijo. Así era.

Graciela dejó de leer en voz baja. Sintió lagrimas en sus ojos y las dejó correr por sus mejillas.

El lunes fue un gran día para ella. Conoció a su nuevo consejero escolar. Cuando ella inició la preparatoria tuvo que despedirse de la Señorita Brooks, pero pronto pudo darse cuenta de que tenía una buena guía en su nuevo consejero, el Sr. Frank Schuster.

El Sr. Schuster era un buen hombre que conocía todo acerca de las solicitudes de ingreso para universidades. Él a menudo decía que el 50% de ingresar a una universidad se lograba teniendo el deseo de asistir, de aprender, y de graduarse. Graciela realmente tenía eso.

Su nuevo consejero escolar siempre estaba deseoso de ayudarla a comprender las diferentes solicitudes. De hecho, hoy iban a revisar su solicitud para ser admitida en uno de los sistemas universitarios más grandes del país.

Capítulo 8

Haciendo que las cosas sucedan

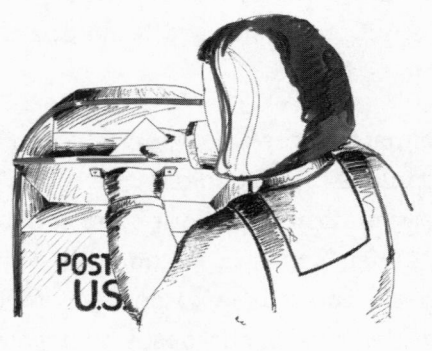

Llegó el lunes y Graciela se encaminó hacia la oficina del Sr. Schuster para su reunión de las 9:00am. Ella siempre disfrutaba del tiempo que pasaban juntos. A él le gustaba bromear de diversos temas y a menudo le decía a ella que un día, ella estaría ayudando a otros jóvenes a tramitar sus solicitudes de ingreso a universidades. De hecho, él la llamaba Señorita Joven Consejera.

Ella extrajo de su mochila azul el paquete que contenía el material de su solicitud de ingreso. Estaba un poco nerviosa. Al fin y al cabo, ella estaba solicitando ingresar a uno de los sistemas universitarios más grandes del país. Siempre había deseado trasladarse a otra ciudad, estar lejos de sus padres y ahora estaba por enviar por correo sus formularios de solicitud de ingreso. Ella sentía que estaba en el punto de partida de una nueva etapa de su vida.

El Sr. Schuster tenía una sonrisa en su cara mientras leía el formulario de solicitud pero tan pronto como empezó a leer el documento que mencionaba sus motivos para solicitar su ingreso, cambió la expresión de su rostro. Parecía estar absorto en la historia del viaje de la madre de Graciela hecho desde una pequeña aldea de México hasta una gran ciudad de los Estados Unidos.

"Graciela", dijo el Sr. Schuster, "esto es algo maravilloso. Este documento es un gran argumento para apoyar tu solicitud de ingreso a la universidad. Me agrada especialmente la sección en la que tu madre decide que debe dejar su pueblo y venir a los Estados Unidos".

El Sr. Schuster retrocedió una página o dos y leyó en voz alta:

Isabel miró hacia el inmenso cielo azul. Ella sabía que mañana en la noche sería su última noche en Las Florencias. Desde que era una niña pequeña el cielo había sido su guía, la parte más firme de su pequeño universo. Cada mañana lo saludaba y cada noche le deseaba las buenas noches. Ahora le decía adiós a ese cielo tan querido para ella y que quizá no volvería a ver. Ella amaba su pueblito pero sabía que era el tiempo en que debía moverse de ahí, el mundo tenía mucho que ofrecerle.

Era el tiempo de ir hacia el norte.

"La decisión de tu madre de mudarse", dijo el Sr. Schuster, "es muy parecido a tu decisión de asistir a la universidad, de vivir una nueva vida. Quizá tú decidas irte lejos de tu casa tal y como tu mamá lo hizo".

Graciela no lo había visto así, pero quizá el consejero tenía razón. Probablemente su decisión de asistir a la universidad era similar a la decisión de su madre de dejar su hogar.

Esa noche le dio a su madre un fuerte abrazo cuando ella llegó a su casa después del trabajo.

Su madre y su padre, Arturo, iban a una platica de padres de familia para padres cuyos hijos estaban listos para ingresar a la universidad. Ahora eso parecía natural pero pocos años antes eso era algo inconcebible.

Arturo dejó de estar desalentador y negativo y aprendió como animar a su hija a lograr sus sueños. Dejó de pensar que ella debía quedarse en casa, conseguir un trabajo y ayudar a pagar las cuentas.

Ahora su padre era uno de los líderes del grupo de padres. Su madre le platicó a Graciela que Arturo era el que a menudo ayudaba a otras parejas especialmente al padre, a aceptar que sus hijas debían asistir a la universidad. Y era el que les decía que el hombre debe apoyar a sus hijas.

Un día Arturo regresaba de una de esas reuniones y le dijo a Graciela que debería prepararse para el hecho de que muchos de sus compañeros de clase tendrían diferentes antecedentes y experiencias. Muchos no serían capaces de relacionarse con sus experiencias. Quizá, para muchos, sus familias no habrían pasado por problemas económicos. Muchos de ellos no sabrán lo que es pertenecer a una familia de inmigrantes o a una familia bilingüe. Y lo más importante, tendría que enfrentarse al hecho de ser la primera generación de su familia que sería estudiante universitaria.

Desde el momento en que Graciela decidió que la universidad podría ser una opción muchas cosas cambiaron. Ella había cambiado pero también lo había hecho su familia. Ese hecho la había inspirado y la hizo sentirse orgullosa de sus padres, especialmente de su padre. Todos habían recorrido un largo camino.

Como dijo el Sr. Schuster, esto era "una vida nueva".

Capítulo 9

El sobre, por favor

Graciela pasó el verano trabajando en la panadería cercana a su hogar. Cada mañana, excepto el domingo, se levantaba a las 5:45am para llegar a la panadería a tiempo para colocar en las charolas y cajas el pan recién horneado; el pan dulce, los panecillos, las galletas y empanadas. Para las 7:00am la panadería estaba llena de gente del barrio comprando el pan dulce y los panecillos para su desayuno, para botanas o para la cena.

Cada viernes, Graciela se dirigía al banco a depositar todo lo que le era posible en su cuenta de ahorros. Se sentía contenta cada vez que lo hacía pero también era verdad que extrañaba salir con sus amigas a la playa o al cine los sábados por la tarde. Le encantaba el cine y pensaba en tomar una clase de cine al estar en la universidad. Algunos días tan solo deseaba dormir y no tener que levantarse para ir al trabajo, o quizá solo deseaba tomar un libro e irse al parque a leerlo por un par de horas debajo de un árbol. Esperaba que sus sacrificios valierán la pena.

Ella había colocado solicitudes de ingreso en cinco universidades y ahora debía esperar hasta la primavera para saber si la aceptaran o no.

El Sr. Schuster le decía que probablemente empezaría a recibir cartas de las universidades a mediados o fines del mes de marzo.

Durante las vacaciones de Navidad, Graciela tuvo un sueño. Estaba caminando sola hacia una montaña que se veía a la distancia y se dirigía hacia un pico nevado. Ese pico refulgía bajo el sol luminoso como si fuera un brillante domo de plata. En su sueño, caminaba y caminaba hacia ese pico de la montaña y justo antes de despertar alcanzaba la cima nevada. Cuando subió hacia la parte más alta del pico se vio en una fotografía bellamente enmarcada que la mostraba descansando recargada en una roca entre la nieve.

Después de ese sueño, supo que iría a la universidad. La cumbre de la montaña era la universidad. Su madre le platicó a Doña Juana, quien era curandera del barrio, acerca del sueño de Graciela. Doña Juana le dijo que su sueño era profético y mostraba el cumplimiento de su deseo de asistir a la universidad.

Llegó marzo y los días parecían transcurrir muy lentamente para Graciela. Diario cuando venía a casa desde la escuela revisaba el correo para saber si la habían aceptado o no en alguna universidad.

Luego, un día lunes, la primera carta llegó. Era un sobre gris, grueso y pesado. El Sr. Schuster le decía que los sobres gruesos eran los buenos.

Graciela estaba sola en casa y sostuvo el sobre en sus manos con una mezcla de un poco de temor y un poco de anticipación.

Ella esperó hasta que todos estuvieran en casa. A las 7:00pm del segundo lunes del mes de marzo, con toda su familia reunida, ella abrió el sobre.

"Ándale, ábrelo", le decía su madre mientras se persignaba.

Graciela respiró profundamente y lentamente abrió el sobre. Tomó la carta explicatoria y leyó la primera oración:

Estimada Srta. Rodríguez,

Nos complace informarle que usted ha sido aceptada...

Voces de júbilo brotaron de Graciela, su hermana Rosa y su madre. Su padre la abrazó y Carlito dio un gran grito de alegría.

"Gracie, lo lograste, lo lograste", le decía Rosa con lágrimas en sus ojos.

"Voy a ir a la universidad", dijo Graciela. "Realmente voy a ir".

Esa noche fue una de las noches más especiales de su vida. Su madre le cocinó a Graciela su platillo favorito enchiladas con chile colorado, bien picante. Aun cuando su padre todavía estaba un poco inseguro acerca de lo sucedido, se unió a la celebración y tocó algunas canciones con su guitarra. Fue un momento agridulce para él. Sabía que la iba a extrañar pero al mismo tiempo estaba orgulloso de ella.

Durante las siguientes dos semanas Graciela continuó recibiendo cartas de las cinco universidades. Fue aceptada en cuatro de ellas, incluyendo su primera selección.

Comienza una vida nueva

Los primeros días en la universidad fueron una mezcla de emociones y experiencias nuevas para Graciela. Antes del inicio de clases, ella había pasado un buen tiempo organizando su horario. Recordó cuánta ayuda recibió de sus consejeros, tanto en la secundaria como en la preparatoria y por esa razón decidió buscar al consejero de los alumnos de primer año de universidad y pedirle su ayuda. Ella quedó muy contenta con su horario y con las distintas materias que le ayudaron a seleccionar.

Ella estaba tomando cursos de historia, matemáticas, biología, y español. Era perfecto, y también tenía tiempo para ir dos veces por semana al gimnasio de la universidad para hacer ejercicio. También consiguió trabajo que le ayudaba a costear sus estudios, pasaba dos tardes a la semana en el departamento de psicología como asistente de programador. Por ahora, era mecanógrafa de datos para un estudiante de pos-grado. Era una buena oportunidad de aprendizaje.

Fue un poco difícil para ella creer que estaba dentro del campo de la universidad, inscrita y caminando hacia su primera clase: historia de las américas. Pero se adaptó muy rápido.

Graciela entró al salón de clases un poco antes de las 9am y encontró un asiento al frente. Miró a su alrededor y vio a otros estudiantes. Gentes de diferentes lugares y distintos antecedentes. Entró la profesora. Era una mujer de edad madura, con pelo canoso y corto, con anteojos, y cargaba un portafolio grande de piel de color negro.

Saco unos papeles y brevemente dio la bienvenida a los estudiantes. Bromeó acerca de lo difícil que es pasar de las vacaciones de verano al primer día de clases y después comenzó a pasar lista de asistencia.

Ella pasó lista por orden alfabético y cuando llegó a la P, Graciela se enderezó un poco en su asiento. Pei, William; Pierson, Brittany. Luego llegó a la R: Robins, Jessica; Rodríguez, Graciela.

Por un instante ella se deleitó con el sonido de su nombre que salía de los labios de la profesora y luego Graciela levantó su mano. Después de pasar lista, la profesora pasó unas hojas con el resumen del contenido del curso y comenzó su clase acerca de los primeros habitantes conocidos de los continentes americanos.

Al final del día, Graciela se sentía muy a gusto en la universidad. Todo el bullicio y ajetreo fue tal y como se lo había imaginado que sería. Le gustaban todas sus clases, especialmente historia y biología. Generalmente, todos sus profesores parecían ser amables y tranquilos. Fue un buen comienzo.

Ella estaba viviendo en una habitación en el dormitorio de la universidad junto con otras tres estudiantes. Todas eran de diferentes partes del estado. Cuando regresó a su dormitorio después de sus clases del primer día, se sentó sobre la cama por unos minutos y recordó aquel día hace varios años cuando ella cursaba el 7° grado y la universidad no era más que un sueño.

"¡Que odisea!", pensó para sí misma. "De ser una niña pequeña a ser una estudiante universitaria. ¡Increible!".

Más tarde durante esa primer semana, llamó a casa y habló con su mamá y su papá. La colmaron de preguntas acerca de todo. Acerca de su dormitorio, de sus compañeras de cuarto, de la comida y de los profesores. Graciela intentó contestar a todo lo mas acertado posible. Cuando colgó lloró un poco. Extrañaba su hogar, la comida que hacía su madre y las travesuras de Carlito.

Aunque sí extrañaba su vida antigua, estaba agradecida porque tenía la oportunidad de vivir un estilo nuevo de vida. El Sr. Schuster solía decir que ella era muy madura para su edad y suponía que eso era una bendición. El ser agradecida le venía por naturaleza a Graciela.

Un atardecer mientras caminaba del departamento de psicología a su dormitorio, se detuvo por un momento y miró hacía el cielo que oscurecía. Ahí recordó el documento que mencionó sus motivos para solicitar ingreso a la universidad y las palabras que escribió acerca de cómo su madre amaba el cielo que cubría la pequeña aldea de Las Florencias.

Bueno, pensó Graciela, este lugar, estos espacios, son ahora mi pueblito. Ella admiró las estrellas que comenzaban a resplandecer por aquí y por allá mientras la noche cubría el cielo. Yo dije que sí, pensó ella, yo dije que sí y mi sueño se hizo realidad.

Continuará

Una guía para los padres

Ayudando a que sus hijos asistan a la universidad

Hay muchas cosas que los padres pueden hacer para ayudar a sus hijos a asistir a una universidad. Desde ofrecerles su apoyo y darles ánimo, hasta sentarse con ellos y juntos decidir a qué universidad deben asistir.

Comencemos por la idea principal: sus hijos deben de prepararse y planear con tiempo para tener una buena oportunidad de asistir a la universidad.

- **Todo comienza en el 6° grado:**

Hay cinco cosas con las que les pueden ayudar a sus hijos durante el 6° grado:

1. Lo primero y lo más importante, platiquen acerca de la universidad con sus hijos. Denles a conocer los múltiples beneficios de atender a la universidad.

2. Visiten al consejero(a) de la escuela secundaria y asegúrense que su hijo(a) esté inscrito en las clases de preparación para ingresar a la universidad. Estas incluyen álgebra básica, geometría, inglés y un curso de idioma extranjero

3. Navegue por el internet y visite los sitios diseñados específicamente para proveer información acerca de las universidades. Comience conduciendo una búsqueda por internet usando las palabras claves: "college admissions" (admisiones a universidades), y los nombres de las universidades que le interesen a sus hijos.

4. Pregunte en la oficina de la secundaria si tienen una noche de información sobre las universidades dirigida a los padres de familia. Si la tienen, estén seguros de apuntarse y de ir.

5. Tomen tiempo para estar bien informado acerca de las materias que deben cursar sus hijos y asegúrese de tomar el tiempo necesario para ayudar a sus hijos con la tarea de la escuela.

• Pasos a seguir en el 7° grado:

Su hijo(a) debe de trabajar arduamente y concentrarse en matemáticas, gramática y en un idioma extranjero. Además, él o ella debe de mantener una relación estrecha con el consejero de su escuela.

Usted debe de asistir a programas de información acerca de las universidades y visitar las páginas de internet de las distintas universidades. De nuevo, en el 7° grado, manténgase positivo y reitere su aprobación acerca de las oportunidades positivas en la vida que llegan a las personas, gracias a que cuentan con educación universitaria.

• Consejos para el 8° grado:

Asegúrese que su hijo(a) esté inscrito en el curso de álgebra I durante este año escolar. También es el año escolar en el cual debe cursar una materia de idioma extranjero. Este es el año escolar cuando debe inscribirse para tomar el PSAT que ayudará a su hijo(a) a prepararse para tomar los exámenes SAT.

Como padres, ustedes deben de continuar abierta la comunicación entre ustedes y el consejero de la escuela. Asegúrense de que su hijo(a) esté cursando las materias adecuadas para prepararse para asistir a la universidad.

Este es el año escolar que tanto usted como su hijo(a) deben de concentrar su atención en las materias que él o ella están cursando y continúen investigando el proceso para la preparación para asistir a la universidad.

• 9° grado: Manteniendose en camino

Ahora su hijo(a) está en la preparatoria. Usted y su hijo(a) deben entender que este año escolar y los próximos tres años escolares son de vital importancia.

Para este año escolar, asegúrese que su hijo(a) esté cursando geometría, inglés y un idioma extranjero. Ustedes dos deben conocer los requisitos para ser admitidos tanto a una universidad pública como a una particular. También debe ayudar a su hijo(a) a desarrollar un diario universitario. Utilice ese diario para llevar un registro de las materias que ha tomado, las actividades extracurriculares en las que ha participado y toda la información que han recabado que les pueda ser de utilidad.

Conozca las fechas en los cuales los distintos exámenes requeridos se llevarán a cabo. Anote esas fechas en el calendario familiar.

• 10° grado: preparando los pasos

A continuación vienen cuatro pasos de ayuda para este año escolar:

1. Asegúrese que su hijo(a) esté inscrito en álgebra II e inglés.

2. Inscriba a su hijo(a) en cursos de enriquecimiento los cuales se ofrecen en las universidades estatales.

3. Ayude a su hijo(a) a mantener su diario universitario al día, apuntando todas las materias que ya haya terminado de cursar y las materias que debe tomar en 10° y 11° grado.

4. Visite páginas de internet que den información acerca de los pasos a seguir para prepararse para asistir a la universidad y los procedimientos para ingresar a la universidad.

• ¿Qué debe hacer durante el 11° grado?:

Este es el año de hacerlo o echarlo a perder. A continuación hay una lista de puntos importantes a cuales deben estar atentos:

√ Que su hijo(a) esté cursando matemáticas avanzadas e inglés.

√ Comuníquese o visite al consejero de la preparatoria para asegurarse de que su hijo(a) esté tomando las materias que son requeridas para ingresar a la universidad.

√ Asista a las juntas de información sobre las universidades que se lleven a cabo en la preparatoria de su hijo(a) e infórmese cuándo vendrán representantes de las distintas universidades a la escuela para que su consejero le haga una cita con ellos.

√ De ser posible, visite las universidades locales. Llame antes de ir y haga una cita con alguna persona en la oficina de admisiones y muéstrele las calificaciones de su hijo(a) y las clases que ha tomado los últimos tres años.

√ Usted y su hijo(a) deben tener en mente que mantener un promedio de A's y B's en el 11° grado es de suma importancia.

√ Comuníquele al consejero de su preparatoria que desea que su hijo(a) se registre para tomar los exámenes de requisito para ingresar a la universidad. En octubre su hijo(a) deberá registrarse para el PSAT, que es un examen de práctica para el examen SAT I. Este examen es importante en el caso de que su hijo esté solicitando beca, incluyendo la "National Hispanic Scholarship" (Beca Nacional para los Hispanos).

√ Infórmese acerca de los diferentes exámenes de admisión. Son un requisito en la mayoría de las universidades.

√ Su hijo(a) debe de obtener libros de repaso para los exámenes de admisión de las universidades. Pueden conseguir estos libros en las bibliotecas públicas, en la biblioteca de la escuela, o los pueden comprar en las librerías. También la escuela de su hijo(a) debe ofrece talleres gratuitos que enseñan cómo prepararse para tomar estos exámenes.

• 12° grado - mes a mes:

agosto: Su hijo debe inscribirse en el curso de matemáticas avanzadas e inglés avanzado. Revise el horario y las materias de su hijo(a) y pida que él o ella lo revise junto con su consejero de la preparatoria.

septiembre: Mantengan al día el diario universitario apuntando todos los cursos que su hijo(a) tomó en el 11° grado y las que está cursando en el 12° grado. Asegúrese de que su hijo(a) se ha registrado para tomar los exámenes de admisión para la universidad. El consejero de la escuela le puede ayudar a obtener los formularios de inscripción correctos y le puede proporcionar mayor información al respecto, inclusive le puede informar acerca de los costos y reducción de costos para aquellas familias que cumplan con los requisitos.

octubre: Comience el proceso de solicitud a la universidad. Pida los formularios de inscripción de las universidades que a su hijo(a) le interesen, o visite la página de internet de la universidad, baje el formulario e imprima una copia de éste. Pregunte al consejero cómo van las cosas con su hijo(a). Es importante tener en mente que en cuanto mayor apoyo le brinde a su hijo(a), mayor ayuda le está dando.

noviembre: Este es el mes para entregar la solicitud. Los formularios de inscripción deben ser recibidas por la oficina de admisión de la universidad o universidades a las que su hijo(a) desea asistir.

diciembre: Tómese un descanso de todo el proceso. ¡Usted se lo merece!

enero: Obtenga una copia de FAFSA. Estas son las iniciales para el "Free Application for Federal Student Aid" (formulario gratuito para ayuda federal al estudiante). Usted puede obtener un formulario con el consejero de la preparatoria. Ayude a su hijo(a) a llenar el formulario.

febrero: Infórmese acerca de los varios programas de orientación que ofrecen las universidades durante el verano para los estudiantes de primer año de la universidad.

marzo: Este es el mes en que recibirá la noticia acerca de qué universidad ha aceptado a su hijo(a). Puede que sea necesario inscribirse para exámenes específicos para ciertas materias, usualmente son inglés y matemáticas.

abril: Si su hijo ha tomado cursos avanzados (AP courses), es hora de planear cuándo debe tomar los exámenes que corresponden a esos cursos.

mayo: Prepárese para la graduación.

junio: Día de graduación. Hora de celebrar.